燕赵秀林丛书·艺术

山花烂漫

燕赵秀林民间文艺人才作品选

河北省民间文艺家协会 编著

河北出版传媒集团

花山文艺出版社
河北·石家庄

图书在版编目（CIP）数据

山花烂漫：燕赵秀林民间文艺人才作品选 / 河北省民间文艺家协会编著. -- 石家庄：花山文艺出版社，2025. 3. --（燕赵秀林丛书）. -- ISBN 978-7-5511-7447-3

Ⅰ. I218.22

中国国家版本馆CIP数据核字第2024G2G632号

丛 书 名：燕赵秀林丛书·艺术
书 　 名：山花烂漫——燕赵秀林民间文艺人才作品选
　　　　　SHAN HUA LANMAN——YANZHAO XIU LIN MINJIAN WENYI RENCAI ZUOPIN XUAN
编 　 著：河北省民间文艺家协会

出 品 人：郝建国
选题策划：李　彬
责任编辑：王安迪
责任校对：杨丽英
美术编辑：陈　淼
出版发行：花山文艺出版社（邮政编码：050061）
　　　　　（河北省石家庄市友谊北大街330号）
销售热线：0311-88643299/96/17
印 　 刷：石家庄海德印刷有限公司
经 　 销：新华书店
开 　 本：700毫米×1000毫米　1/16
印 　 张：17.75
字 　 数：225千字
版 　 次：2025年3月第1版
　　　　　2025年3月第1次印刷
书 　 号：ISBN 978-7-5511-7447-3
定 　 价：98.00元

（版权所有　翻印必究·印装有误　负责调换）

序言

人才兴则事业兴、人才强则国家强，人是事业发展最关键的因素。文艺事业要实现繁荣发展，就必须培养人才、发现人才、珍惜人才、凝聚人才，培育造就大批德艺双馨的文学艺术家和规模宏大的文化文艺人才队伍，构建出成果和出人才相结合的工作格局。

为了进一步推动文艺人才培养和队伍建设，打造一支德艺双馨的文艺冀军，河北省坚持以习近平文化思想为指导，组织实施了文艺名家推出工程、中青年文艺人才"秀林计划"、文艺后备人才"春苗行动"、文艺名家情系河北"故乡创作计划"，构建起文艺人才培养的四梁八柱，形成了老中青梯次衔接、省内外交相辉映的文艺人才格局。在各界共同努力下，河北的文艺人才如雨后春笋般不断涌现，全省文艺事业呈现出蓬勃发展的繁荣景象。

作为中青年文艺人才"秀林计划"的重要内容，省委宣传部会同省文联、省作协开展了"燕赵秀林丛书"的编辑出版工作，将按照"一人一书"或者"一类一书"的原则，为我省优秀中青年人才出版代表性作品，并配套开展作品研讨、专场演出、展览展示和媒体宣传等活动，形成文艺人才培养、宣传、使用一体化格局，努力推动更多优秀中青年人才脱颖而出，在新时代的文艺道路上挑大梁、当主角。首批图书，将为11位青年作家各出版一部文学作品选集，并从戏剧、音乐、美术、曲艺、舞蹈、民间文艺、摄影、书法、杂技、影视、文艺评论等11个艺术门类中各遴选中青年艺术家代表，分别出版一部优秀作品合集。

　　青年是事业的未来。只有青年文艺工作者强起来，文艺事业才能形成长江后浪推前浪的生动局面。希望此次入选的中青年优秀人才，能以出版"燕赵秀林丛书"为新的起点，再接再厉、接续奋斗，立足河北丰厚的历史文化资源，聚焦中国式现代化在河北可视可感可行的火热实践，创作推出更多充满时代气息、具有河北特色的精品力作。也希望全省的作家、艺术家们，既秉持学习前人的礼敬之心，更树立超越前人的竞胜之心，增强自我突破的勇气，迈向更加广阔的创作天地，努力攀登新时代文艺新高峰！

丛书编委会

2024 年 9 月

目录

001 / 宋如雪

031 / 李林潞

065 / 郭现强

095 / 郭墨涵

113 / 许红阳

145 / 张万富

169 / 张凤娥

195 / 邹天然

221 / 赵成龙

255 / 鲍　宁

（按中青年文艺人才"燕赵秀林计划"入选年份及姓氏笔画排序）

壶内秀乾坤，择一业忠一生。

宋如雪

宋如雪简介

宋如雪，入选中青年文艺人才"燕赵秀林计划"。河北赵县人，中国民间文艺家协会会员，河北省民间工艺大师，河北省工艺美术协会会员，民进河北省委文化艺术专业委员会委员，冀派内画泰斗王习三大师的再传弟子。中国工艺美术协会鼻烟壶专业委员会常务理事，河北省民间文艺家协会理事。荣获河北省民间文艺家协会2022年度"德艺双馨"会员称号。

宋如雪自幼喜欢画画，小时候，砖头、石子、土块都能成为其绘画工具，大地、墙面甚至房顶的水泥地都是她展示才艺的舞台。1996年师从河北省内画大师鲍若玉女士，1998年到衡水习三工艺美术中等专业学校进修，2000年拜师中国工艺美术大师付国顺先生，后考入石家庄长安区工艺美术研究所，师从王千老师门下，潜心学习内画技艺。

在从艺生涯中不囿于师教、勇于创新，形成了个人的艺术风格，画风朴实清新、细腻秀气。其作品题材广泛，人物、动物、山水、花鸟皆可入画，尤擅婴戏图系列，代表作有《百子图》《琴棋书画》等。平凡、可亲、常见，是其绘画的特点，也是最让人称道的因素，在当今内画界独树一帜，影响甚广。

"五六年前，当时师兄弟们都追求内画艺术的创新，创作写意、泼彩等画作，我一直以来擅长工笔，也想学习些新东西。"宋如雪说，但她不仅没有学会，还一度迷失了自己的方向，找不到曾经创作的感觉。后来，在一位书画朋友点拨下，才慢慢重新找回自己。走出彷徨期的她，技艺也更进一步，创作的婴孩动作更显动态、神情更加灵动。

宋如雪的内画工作室有二十多平方米，展架上，放满了精致的内画鼻烟壶成品。她创作内画的工具很简单，一个颜料盘，一个工具盘，便是她搞创作的全部"家当"。一种约二十厘米长的画笔都是宋如雪自己制作的，有铜线丝笔和竹条丝笔，经过打磨后，在顶端安装上细小的毛笔尖，选择这种材质的原因是铜线丝有韧性，是能够在狭小的空间内部随意弯曲，便于绘画。

创作内画不同于在平面作画，除了要有很好的画工，需要事先构思好作品架构，再将笔尖伸进瓶内描绘。创作时不能直观涂描，笔尖接触在鼻烟壶内壁的磨砂面，跟视觉正好处于相反状态，需要背着画，这是内画创作的最大难点，需要成熟的技术手法。

"画人物最难的是眼睛，小孩的眼睛分为白眼球和黑眼球，在上色时稍有不慎，黑白混在一起，就会毁了整幅画。"宋如雪说，一次次的失败，让她一度对自己产生了怀疑。但不忍将学习这么久的艺术彻底抛弃，她硬着头皮，一遍遍练习，不断尝试墨的胶性，颜料的水分，虽然过程枯燥，但看着最后成功的作品，她重拾信心，从中获得的成就感也激励她进一步精进手艺。

宋如雪创作的内画作品《天寒童声暖真情系武汉》被中国非物质文化遗产保护中心、河北省民间文艺家协会等单位组织的展览进行展示。

还有一件作品让宋如雪特别满意。2008年北京奥运会的吉祥物选定后，宋如雪怀着激动心情，将五个可爱的福娃照片下载洗印出来，用了一个多月时间，不断起稿、修正，在鼻烟壶内进行创作，终于将整套的内画《奥运福娃》呈现在世人面前，以这种方式为2008年奥运会献礼。当时，新华网以及本地媒体做了专题报道。

在刻苦学习内画的二十几年里，经过老师们的指导，宋如雪形成自己独特的艺术风格。其多件作品获得了全国大奖，2008年还在北京首都师范大学举办了个人内画精品展览。

多年来，宋如雪在内画的道路上取得了优异成绩，她先后受邀到瑞典以及国内的上海、杭州、常州、济南等地进行展览及艺术交流。许多内画精品被海内外收藏家及爱好者收藏。时任中国书法家协会副主席、河北省书协主席的旭宇先生收藏了她的作品并题词：艺术通八极。

代表作品

作品名称：《婴戏图》

内画套装鼻烟壶《婴戏图》，是宋如雪近四五年之间创作出来的，宋如雪从小也是个调皮捣蛋的孩子，对小时候所玩的游戏记忆犹新，所以创作一套儿时玩耍的作品来纪念二十世纪八十年代一群人逝去的青春。作品均为天然水晶材质，六件作品为一套。作品运用工笔绘画孩童兼写意配景形式创作图案，小巧玲珑的内画鼻烟壶上，两三厘米大的孩童在其中尽情玩耍，有的在捉迷藏，小小的身影在壶中世界的角落里穿梭，紧张又兴奋地期待着不被发现；有的专注于捉蛐蛐，眼睛紧紧盯着草丛，生怕错过那小小的生灵；还有的在跳马，活力满满地跨越障碍，脸上洋溢着勇敢的笑容。踢毽子的孩子身姿轻盈，毽子在空中飞舞，如同跳动的音符。而那些写字画画的孩子，则沉浸在自己的创作世界里，一笔一画勾勒出心中的美好。内画鼻烟壶中的婴戏图，不仅展现了孩子无忧无虑的童年时光，更体现了内画技艺的精湛与细腻，宋如雪的童子作品，在方寸之间把孩童的眼神形象描绘得细致入微、活灵活现，作品有着浓郁的文化气息和中国文化的脉络，散发着纯粹、本真的天性光泽，格调既高雅又不失活泼俏皮，把"雅"与"俗"和谐统一起来，使儿童单纯质朴的"蒙""萌"之态表现得淋漓尽致。

天然水晶《比赛》

天然水晶《启航》

天然水晶婴戏图《跳马》

天然水晶婴戏图《撞拐》

天然水晶婴戏图《斗蟋蟀》

天然水晶婴戏图《翻筋斗》

天然水晶《横笛吹牛还》

天然水晶《放飞梦想》

人造水晶《对弈》正面

天然水晶《二龙戏珠》

人造水晶《天下第一桥》正面

▲ 造水晶《天下第一桥》背面

人造水晶《正定四塔——须弥塔》正面　　　　人造水晶《正定四塔——华塔》正面

人造水晶《正定四塔——凌霄塔》正面　　　　　　　　人造水晶《正定四塔——澄灵塔》正面

人造水晶《宜兴珍宝》

人造水晶《盼归》

人造水晶《期盼》

天然水晶《抚琴》

天然玛瑙《鱼乐图》

水草玛瑙《金鱼满堂》

天然水晶《黛玉葬花》背面

天然水晶《黛玉葬花》正面

人造水晶《鸟食罐》

天然水晶吊坠《福寿》

留住传统手工技艺的根脉
传承创新传统技艺的精髓
是我坚持的意义

李林洛

李林潞简介

李林潞，入选中青年文艺人才"燕赵秀林计划"。1981年生，系滕氏布糊画创始人滕腾先生外孙女。现任承德市滕氏布糊画有限公司法人代表。国家级非物质文化遗产项目布糊画市级传承人，中国民间文艺家协会会员，河北省民间工艺美术大师，承德市第八届、第九届青联委员，河北省第五届青联委员。

布糊画是一种源自满族民间"补花"技艺的独特艺术形式，由河北民间艺术家腾腾先生在继承清代皇家宫廷传统技法的基础上发展而来。腾腾先生集绘画、堆绣、绢人、浮雕、唐卡、刺绣、裱糊、布贴画、景泰蓝等多种工艺之精华，形成了具有民族性、传统性和新颖性的民间艺术精品。布糊画不仅用料考究、色彩绚丽，而且做工细腻，画面逼真，设计严谨，制作精巧，格调多变，适合珍藏。其题材广泛，包括人物风景、花鸟鱼虫等，展现了油画般的透视真实性和国画的空灵感，既有工笔重彩的观感，又有浮雕立体的意境，被誉为"华夏一绝艺术奇葩"。

布糊画的发展历史悠久，自形成至今已有二百多年的历史，跨越了近代、现代、当代三个阶段，呈现出迥异的时代特征。一件布糊画作品要经过绘样、分解、制版、整型、配料、布糊等十几道工序，每一个环节，都非常细腻极致，需要先经铅笔勾勒底样，再用硬纸板复刻胎膜，选彩色布料包覆其上，然后装糊成画。2014年，布糊画被列入第四批国家级非物质文化遗产名录。

1996年，李林潞开始随母亲滕天一（国家级非遗传承人）系统学习布糊画的制作工艺，多次应邀参加国内各地及其他国家的展出，曾作为青年民间艺术家代表随国家青联赴法国进行文化交流。

其主要专业是进行布糊画的研发、制作、创新及传承。在布糊画研发过程中，她在系统掌握了传统布糊画从绘图到组装各项工艺基础上，大胆尝试将布糊画艺术作品和现代艺术元素相结合、和西方文化元素结合，组合成了多种受现代年轻人喜爱的产品。在艺术创作上敢于大胆创新，逐步形成了自己鲜明的艺术语言和艺术个性，为滕氏布糊画的发展奉献了一名青年艺术家的心血智慧和力量。2013年及2014年连续两年研发的绳结布糊画和覆膜双面布糊画都获得了国家专利。与母亲滕天一历经五年研发了滕氏布糊画衍生品懿萱饰品系列，创新了这项民间传统工艺的风格及手法。

目前，为使布糊画工艺得到传承发展，一直致力新人培养。积极参与非遗进校园，非遗进社区，非遗进机关等各种活动，并受聘于承德市特殊教育学校，为一些特殊的孩子进行布糊画指导教学。实战是最好的老师，不止于书面教学，手把手当面给予每个孩子专业的指导，力求把布糊画技艺发扬光大，传承下去。在传承技艺的同时，她也紧跟国家政策，积极响应国家乡村振兴战略，在县文旅局的支持指导下，她在自己占地一百亩的生态园设立了"非遗助力乡村振兴布糊画工坊"，把布糊画制作技艺传播给乡、镇、村更多的人，使他们学习到布糊画制作技艺，增加收入。

在研发、创新、传承的同时，她不断提高自己的布糊画制作技艺，其间设计制作的作品多次获得奖项。

2013年，河北省民间工艺美术精品展示会金奖

2013年，首届中国北方旅游文华精品博览会金奖

2014年，河北省民间工艺美术精品展示会金奖

2014年，与母亲滕天一共同创新的双面覆膜布糊画新品获得国家专利

2015年，第三届河北省工艺美术精品大赛金奖

2016年，参与制作的作品赴台湾佛光山展出

2018年，与母亲滕天一共同研发的布糊画系列饰品在河北省文创设计大赛上获三等奖

2019年，北京市文创大赛怀柔赛区获优秀奖

2019年，承德避暑山庄及周围寺庙首届文创产品大赛三等奖

2020年，"创意精彩承德好礼"活动中获得《最具承特艺术特色奖》

2022年，获承德创意创新大赛优秀奖

2023年，获第五届河北省德龙杯文创旅游商品创意设计大赛银奖

一切过往，皆为序章，滕氏布糊画承载着民间古老、质朴、清新的文化，具有独特的美术价值和人文价值，布糊画艺术的创新与发展永不停止，作为它的传承者，一步一个脚印，踏实前行，每一个印迹都是一个新的起点，走向更高的艺术殿堂。

代表作品

作品名称：《祥云》

国家级非遗布糊画作品自问世以来，一直以大型精美的图案为主体，多以墙面装饰及大型屏风等形式展示出来。2016年，李林潞及其母亲滕天一经过几年的对布的褪色、防尘、防水的观察以及实验、处理，初步积累了一定的经验，掌握了如何攻克这些问题的技术。本着让非遗走进生活，让非遗回归本质的想法，李林潞和母亲推出了布糊画懿萱饰品系列。完成了布糊画从墙上走到身上、融入生活的飞跃，让布糊画在形式上有了新的突破。又经过挂链、脱线、背面的改进处理，使布糊画懿萱饰品系列如胸花、胸针、领花、发髻花、耳坠等日臻完善定型。"宝相花"等十余种花卉懿萱饰品系列均获得版权注册。布糊画衍生品懿萱饰品系列从研发到完善定型，历经五年多时间，其后设计制作多种花卉及其他图案，以《祥云》胸针为例，设计初衷以中国传统吉祥图案为主体，祥云以淡彩色为主打色，配以彩线以呼应祥云的整体效果，在结合布糊画的特殊制作工艺后，整体看上去色彩不过分张扬，在搭配的同时又起到可以让人眼前一亮的作用。祥云寓意祥瑞之运气，表达了吉祥、喜庆、幸福的愿望以及对生命的美好向往。以饰品的形式表达出来，也是从女性角度出发，用饰品来衬托女性美丽的同时也对所有女性寄予了能永远幸福的美好愿望。

花卉系列之幻

花卉系列之芙蓉

花卉系列之芙蓉娇艳

花卉系列之富贵图

花卉系列之暗香

花卉系列之花好月圆

花卉系列之事事如意

花卉系列之四季平安

耳饰系列之灯笼

耳饰系列之福禄

花卉系列之国色天香

花卉系列之如意

花卉系列之玉兰绶带

花卉系列之"一本万粒"

花卉系列之古韵仙茶

双面覆膜摆件系列之荷花

双面覆膜摆件系列之寿

花卉系列之富贵有余

花卉系列之相濡以沫

花卉系列之相伴

花卉系列之月季花开

花卉系列之荷

花卉系列之朝颜

花卉系列之林之魂

花卉系列之和合

花卉系列之和平昌盛图

花卉系列之春夏秋冬联

花卉系列之平安之春夏秋冬

花卉系列之四季平安

花卉系列之天道酬勤

扇面系列之鸟语花香

扇面系列之红棉花开

扇面系列之竹报平安

创意摆件之白海棠

创意摆件之小芙蓉

创意摆件之和合图

饰品系列之祥云帽饰

饰品系列之宝相花

花卉系列之富贵白头

花卉系列之福寿

剪纸艺术不仅是我的精神食粮,
也是我表达个人情感的重要方式。

郭现强

郭现强简介

郭现强，入选中青年文艺人才"燕赵秀林计划"。任县政协第十届、任泽区政协第一届委员，任泽区政协第二届常委，中国民间文艺家协会会员，河北民间工艺美术大师，第二届河北省文艺贡献奖获得者。现担任河北省民间文艺家协会副秘书长、邢台民间文艺家协会副主席、任泽区民间文艺协会主席职务。

郭现强剪纸具有北方地区的粗犷、雄壮、简练、淳朴等特点，其题材多为人物、动物、草木花卉，加之其能借鉴生活中常见的事物，通过谐音、象征等手法，构成具有寓意性的艺术品而受到欢迎。在家乡剪纸技艺风格的基础上，通过拜访剪纸老艺人，结识从事各种艺术门类的老师朋友，在他们的指引下潜心摸索，形成了汲取前人名家之所长，又将书画、雕塑、刺绣、陶瓷等艺术精华与剪纸相结合的独特艺术风格，得到了书画、剪纸等各界名家的认可与赞赏。郭现强的作品往往带给大家极强的民间风格，题材与形式都是人们喜闻乐见的，同时融入新时代美学特色的风格。精致生动的传统花鸟画，端庄抚琴的古代仕女人物，儒雅而有礼数的古代圣贤，刚劲有力的古代字画等，都是创作的主题。从画面上来说，还不自觉地注入了许多河北地区文化和家乡风俗民情的元素，像以"和合二仙"为主题进行的剪纸作品创作，既是对家乡风俗文化的一种体现，又是对传统文化的呼应。作品中不仅实现了主题的创新，还在形式上进行了创新，如打破了传统剪纸单一红色的同时，还会根据情景的需要，加入各种颜色纸张使作品画面相得益彰。他的剪纸作品线条细腻，巧夺天工，刀剪如梭，对于所剪人物和事物的细节把握到位。作为邢台民间剪纸的传承者，其作品摒弃迷信色彩，大胆创新呈现出鲜明的个性特点，洋溢着鲜活的生命力，用行动继承发扬这项古老的民间艺术，努力使任泽区剪纸成为邢台乃至河北的一个文化名片。

为传承和发扬非物质文化遗产，让文化遗产"活"起来，发现和培养新一代传承人，2019年始郭现强走进任泽区各个小学开展传统文化进校园之"小小非遗传承人"普及培训计划，同时在校园开展"剪纸文化进校园"活动，义务进行剪纸技艺普及，让他们近距离感受到非遗的魅力，使学生们在传统文化的教育与熏陶中，更好地理解和感知了什么是"文化自信"，为民族文化生生不息的传承积蓄了后备力量。2019年郭现强组织开展了一系列农村传统技艺普查工作，带队深入农户家里了解民间传统技艺现状及艺人状况，现场观看老艺人制作工艺品的过程，了解民间艺人希望未来发展等情况。先后六次下基层共走了十二个村庄，搜集整理各种艺人资料四十多份，收藏上来的五十年以上老剪纸三十多幅，将老艺人的技艺进行声像储存，以避免"人去艺失"。同时，他提议选拔一些有志于技艺传承的年轻人由老艺人定期辅导或冬季农闲时集中培训的方案。在他的努力下"校园传承保护"也被提上日程，校园授课有利于培养年轻人对传统技艺的兴趣。他期望，通过各方力量来改变当地一些非物质文化遗产后继无人的局面。

历年来，郭现强剪纸屡获殊荣，先后获得中国民协第七届剪纸艺术节优秀奖、第八届剪纸艺术节三等奖；2018年、2021年、2022年度邢台市文艺精品创作奖；数次入展国内外大展，先后四次获得全国剪纸大赛金奖一等奖；多次应邀参加国家文化工程、河北省文化工程剪纸插图组织并创作。

作为一名文艺工作者，不仅仅是在剪纸领域作出贡献，同时为家乡的文化建设贡献自己的一份力量。2014年4月至2018年，先后数次参与筹划任县寒山故里和大和合寺"和合文化"的考察研讨活动，并参与"中国和合文化之乡"和"中国和合文化研究基地"的申报工作。经过近两年的努力，经中国民协和省内专家多次考察，于2019年年底被中国民协授予"中国和合文化之乡"和"中国和合文化研究基地"。同时被区政协授予"第十届优秀政协委员"称号。

代表作品

作品名称：《伏虎献祥瑞》

创作于 2021 年，10 月份郭现强应邀参加中国民协在甘肃庆阳市举办的"全国民间艺术基层剪纸工作培训班"和"全国剪纸名家研讨会"，学习期间和全国老师们交流中开阔了眼界学习到了很多知识，同时感到了自己艺术上的不足之处，回来后郭现强决定创作一幅能代表邢台任泽区当地的一幅剪纸作品，2022 年恰逢虎年，凭借儿时奶奶剪的二虎一头记忆加上这些年对家乡传统剪纸的理解郭现强创作了这幅作品。在当地民间老虎一头两个身子的造型体现了阴阳一体，阴中有阳，阳中有阴一种风格，是老百姓崇尚大自然和生殖崇拜一种表现。《伏虎献祥瑞》高 1.4 米宽 75 厘米，作品是用万年黑纸作为主轮廓加上了各种彩色系列宣纸手工剪制而成，整幅作品以双虎争头的造型为主体运用衬色剪纸拼剪粘贴工艺进行创作，虎头整体远观按照钟馗脸的造型设计，内含了驱邪抗魔，战胜病痛，双虎整体为八卦形，作品包含了众多传统吉祥图案，其中虎眼睛为鱼形，鼻子是五毒之一蟾蜍，蝙蝠嘴含着钱寓意"福在眼前"，桃子寓意长寿，还加入了聚宝盆、缠枝莲、荷花、牡丹花等众多民间传统吉祥纹饰，体现了邢台任泽区民间剪纸的博大精深。《伏虎献祥瑞》被中国民协、界面新闻、新浪、河北省文联、河北省民协、《邢台日报》、邢台文联等媒体和公众号进行刊登和发表；被中国文联副主席、中国民间文艺家协会主席潘鲁生选中在潘鲁生民艺馆进行展览；北大教授博士生导师、中国民间文艺家协会副主席万建中看到此作品称之为"最能体现民间艺术与时代完美结合的优秀作品"，著名民俗专家中国民协党组成员、副秘书长王锦强在"新文艺群体培训班"点评学员作品中称赞为"全国最优秀剪纸作品之一"，2022 年 1 月《伏虎献祥瑞》入展中国民协和清华美院共同举办的"文艺两新"中青年文艺家作品展，作品被清华美院收入《百虎齐贺民艺创新》一书。

蝶恋花　70cm×55cm

绿水青山就是金山银山　60cm×210cm

国色天姿　21cm×60cm

万紫千红总是春　70cm×140cm

大吉祥　68cm×68cm

瑞虎兆丰年　60cm×60cm

福禄万年　77cm×51cm

独钓寒江雪　90cm×50cm

山水四条屏　138cm×34cm×4

富贵有余　138cm×62cm

西方三圣 138cm×68cm

春夏秋冬　137cm×33cm×4

百鸟朝凤　90cm×50cm

和合万年　138cm×65cm

文殊师利菩萨　90cm×55cm

溪亭客话图　140cm×65cm

虎威雄心　138cm×68cm

侍女　138cm×68cm

先師孔子行教像

德侔天地 道冠古今
刪述六經 垂憲萬世

唐吳道子筆

孔子先師图　138cm×68cm

蝴蝶兰　50cm×50cm

年年有余　60cm×50cm

梅兰竹菊　137cm×33cm×4

花鸟四条屏　130cm×33cm×4

教育扶贫　68cm×68cm

和谐新农村　50cm×60cm

胜日寻芳　90cm×50cm

荷韵　90cm×60cm

择一事终一生
不为繁华易匠心
不忘初心得始终

郭东泓

郭墨涵简介

郭墨涵，入选中青年文艺人才"燕赵秀林计划"。毕业于广东海洋大学工业设计系，现任教于河北工业职业技术大学美术专职教师。高级工艺美术师职称，中国民间文艺家协会会员，中国工艺美术协会会员，河北美术家协会会员，北京2022年冬奥会火炬手，曾荣获"河北省三八红旗手标兵""河北省工美行业青年艺术家""河北省青年英才""河北省冀青之星""河北省突出贡献技师""石家庄工匠"等荣誉称号。第六批省级非物质文化遗产项目郭氏铁板浮雕艺术省级传承人。

郭氏铁板浮雕艺术为河北省非物质文化遗产项目，国家级美术大师郭海博与其弟郭海龙在传承古老錾刻技艺的同时，又使此项技艺得到创新发展。郭氏铁板浮雕艺术在我国传统金属錾刻工艺基础上，融合雕塑、绘画多种手法，形成了一种新的艺术表现形式，即用手工锤锻的方法，以铁锤、铁錾为画笔，以铁板为画纸，通过锤锻、錾刻、抛磨、烧色等工序来完成铁板雕塑艺术。

郭氏铁板浮雕的最大特色是：可利用铁板原色及铁板特质，通过锤锻、抛磨等手段使作品升华至形象生动、呼之欲出的境界。最为难得的是还能产生黑白相间或有色彩点缀的素描般的视觉效果。其金属质感，尤其是那独有的雕塑语言所表现出的特殊肌理，别有一种其他材质无法比拟的独特之美。郭氏铁板浮雕艺术具有很高的艺术价值和社会价值，被称为"华夏一绝"。

郭墨涵从小受父亲郭海博的影响，热爱艺术并传承铁板浮雕制作技艺。为了能使郭氏铁板浮雕艺术得到更好的传承与创新，郭墨涵在2007年至2011年就读于广东海洋大学艺术设计专业进行专业艺术学习，为郭氏铁板浮雕艺术能发扬光大，打下了坚实基础。历经十多年刻苦钻研与实践，郭墨涵熟练掌握铁板浮雕、彩铜浮雕制作与烧色的独门绝技。之后，郭墨涵又与父亲研发独创了铁板浮雕蜡染烫彩艺术。铁板浮雕蜡染烫彩艺术，是在创作好的铁板浮雕作品上，通过蜡染烫彩工艺，使生冷的铁板浮雕呈现出绚丽多彩的艺术品。

其特色是：色彩张扬，而又不失金属品质的内在美。为了让铁板浮雕着色技艺更加丰富，她开创了丙烯着色法，在做完防锈处理之后进行丙烯上色，其特点是：使得色彩单一的铁板浮雕艺术作品色彩更加绚丽多彩。

郭墨涵持之以恒的艺术攀登，她的艺术之路花开不断，作品频频入选省级、国家级大型美展及工艺美术博览会，并多次获奖。获得国家级奖项九次、省级奖项十三次。2017年8月，作品《雄关漫道》入选由中华人民共和国文化部、中国共产党中央军事委员会政治工作部、中国美术家协会联合举办的"庆祝中国人民解放军建军90周年全国美术作品展览暨第13届全军美术作品展览"；2021年5月，《华夏一绝——中国金属錾刻铁板浮雕艺术与高校融合》在中华人民共和国教育部，四川省人民政府主办的全国第六届大学生艺术展演活动中，荣获"高校美育改革创新优秀案例"二等奖，并作为文化使者走进西班牙、法国、卢旺达驻华大使馆等进行文化艺术交流活动，作品进行展览展示，让传统绝活走向国际。

2020年4月，郭墨涵专著《郭氏铁板浮雕制作技法》由河北美术出版社出版，详细记录了铁板浮雕、彩铜浮雕技术以及铁板浮雕蜡染烫彩技艺、铁板浮雕丙烯着色技艺、彩铜浮雕烧色等技艺，便于今后的爱好者进行传承学习。

现今，郭墨涵就职于河北工业职业技术大学，她与父亲郭海博在大学校园积极开展非遗传承与宣传工作，践行优秀传统文化进校园，在河北工业职业技术大学建立了"郭海博铁板浮雕艺术馆""郭墨涵铁板浮雕艺术工作室""大学生铁板浮雕艺术传习基地"，打造参观、传习和产教研相结合的实训场所。通过老师现场制作与现场指导的方式，让大学生近距离感受传统工艺魅力，学习掌握铁板浮雕制作技法，进一步挖掘中华优秀传统工艺的价值内涵，以推动铁板浮雕艺术的传承、创新与发展。

中华优秀传统文化铁板浮雕、彩铜浮雕这一珍贵的艺术瑰宝，正在这方热土焕发出新时代更加迷人的光彩展现出它时代魅力，展现河北省亮丽的文化风景。

代表作品

作品名称：《烈火骑士》

这幅作品是河北省民间工艺美术大师、高级工艺美术师、"郭氏铁板浮雕"代表性传承人郭墨涵，纯手工锻造铁板浮雕艺术品，是以铁锤、铁錾为画笔，以铁板为画纸，通过锤锻、錾刻、抛磨、烧色等工序来完成的一种雕塑艺术。其最大特点是：可利用铁板原色及铁板特质通过锤锻、抛磨等手段使作品升华至形象生动、呼之欲出的境界。最为难得的是还能产生黑白相间或有色彩点缀的素描般的视觉效果。《烈火骑士》这件作品是为致敬迎战重庆北碚山火的年轻小英雄们而制作，2022年8月重庆市北碚区缙云山发生重大火灾，一群"90后""00"后的机车青年，他们义无反顾挺身而出冲向火海，顶着四十摄氏度的高温在崎岖的山路上一遍又一遍地运送物资，用摩托的轰鸣声，筑起了一道"防火长城"，他们与消防战士一起奋战了八十六个小时，明火终于扑灭，在他们身上展现出了新一代人的中国精神。我用坚硬的铁板致敬小骑士们，中华儿女从不惧风雪，具有坚毅的品质，铁板代表着坚如磐石的信念。两种精神汇入其中展现中华烈火骑士英勇风采，迎难而上，坚不可摧的精神力量。

平安富贵图

守望家园

虎娃迎冬奥花样滑冰

虎娃迎冬奥短道速滑

虎娃迎冬奥火炬手

虎娃迎冬奥单板滑雪

草原牧歌

骏马奔腾

闹元宵

难忘的战斗

山里人的希望

奔腾的时代

鹿头

马头

超越

逆行者

李保国

匠心筑造中国梦，技能报国赤子心。

许红阳简介

许红阳，入选中青年文艺人才"燕赵秀林计划"。中国民革党员，高级工艺美术师职称，现任石家庄许红阳木雕博物馆馆长。河北省非物质文化遗产项目木雕代表性传承人，他曾获全国青联委员、全国五一劳动奖章、河北省委宣传部推荐中国好人、河北省突出贡献技师、河北大工匠、河北省乡村工匠名师、河北省最美农民工、河北省人大代表、河北省文明家庭等荣誉。十三岁开始学习家族木雕技艺。自 2013 年 6 月以来，他一直从事木艺雕刻，积极参加社会公益活动，主动投身乡村振兴事业，带头创建井陉木雕艺术馆，带领乡亲们实现了家门口就业，让群众在家门口享受可互动、可参与的非遗文化体验服务，仅 2023 年开发文创产品创造社会价值两千二百余万元。

巧手执刻刀，匠心绘传承

井陉木雕属家族传承，由许氏一族世代传承至今，拥有三百余年历史，并留有清朝同治年间圣旨盒为证。作为第十三代传承人，许红阳秉持传承是最好的保护理念，从小跟随父亲学习雕刻，由于许氏后人始终遵守古法浮雕来进行雕琢，技术难度特别高，从选料、设计，到雕刻、修光、打磨、上漆等，他每天的学艺时间都在十个小时以上。许红阳日日跟机械、刀具打交道，受伤是常有的事，刻刀划破了手，殷红的鲜血流出来，他撕块小布头用线缠住，然后接着刻。靠着刻苦学艺、认真钻研，不满二十岁他就掌握了祖传的雕刻技艺。以刀为笔，以木为卷，他用实际行动诠释木雕技艺守望者的担当，向世人展现了山海画廊间的中国匠人情怀。

他积极践行非遗文化传承工作，先后在入河北青年管理干部学院、石家庄学院等高校建设木雕创新工作室，将木雕课引大学的公共选修课，累计培训学生八千余名。并在石家庄部分小学创办劳动美育实践基地，参与小学生的劳动美育和课后社团课，践行劳模工匠进校园和非遗进校园推广和实践活动。

建好"小阵地",释放"大能量"

人无精神则不立,国无精神则不强。为了更好满足人民群众精神文化生活新期待,传承非遗文化,增强文化自信,许红阳积极响应省、市号召,依托石家庄许红阳木雕博物馆,于2022年8月打造了群众身边的人文公共空间——许红阳民间艺术家工作室,以文艺创作、研学传承、传播展示推出艺术新品,培养德艺双馨、担当作为的文化人才,先后举办活动一百余场,宣传非遗文化及木雕技艺知识,真正让群众在家门口享受可互动、可参与的非遗文化体验服务。由于活动内容丰富、互动性强,许红阳及其文化名家工作室先后被新华社、《人民日报》、"学习强国"、人民网、中工网、《河北日报》等国内主流媒体报道。

立足公益践使命,服务群众促振兴

许红阳是河北省唯一的木雕类劳模工匠创新工作室带头人,作为一名土生土长的农民,多年来积极投身乡村振兴,带动乡亲们致富,依托石家庄许红阳木雕博物馆及井陉木雕艺术馆带动百余名乡亲就业,乡亲们从最简单的木雕打磨开始,逐步学习木雕基本的雕刻,创造性制作木雕文创产品,实现增收致富。

自木雕馆成立以来,免费向社会大众开放,先后接待国内外专家学者及社会各界人士等参观学习团队三百多场次,累计接待量达两万余人次。近两年来,他积极参加非遗进校园、非遗进社区等活动一百多场,并定期在学校和社会公益团体开展非遗手工技艺讲座,向广大中小学生和市民讲解木雕技艺。每年腊月为家乡井陉县的小作村和后掌村八十岁以上老人及低保困难群众捐赠米面油。

木骨丹青,人天同构,作为一名工匠、劳模、传承人,许红阳用刀刻表达着对自然的探索与追求;薪火传承,非遗永继,他以实际行动推动井陉木雕艺术的传承与提升。

代表作品

作品名称：《反弹琵琶》

这是一件由阴沉木精心雕刻而成的艺术作品，材质方面选用的阴沉木是一种极为珍贵的木材，它因长时间埋藏于地下，经过数千年甚至上万年的地质作用而形成。这种木材质地坚硬、色泽深沉，具有独特的光泽和纹理，为作品增添了古朴与神秘的气息。阴沉木的稀有性也使得这件作品更显珍贵。

设计上，雕刻者巧妙地捕捉了西域美女反弹琵琶时的动态美，通过精细的线条和层次分明的雕刻，将人物的服饰、发饰以及琵琶的细节刻画得栩栩如生。美女的面部表情细腻柔和，既展现了她的专注与投入，又透露出一种超脱的气质。技法方面，雕刻者运用了传统的木雕技法，结合现代的雕刻工具和工艺，使得作品在细节处理上更加精细。通过高超的镂空、浮雕和透雕技艺，使得整个作品既有立体感又不失轻盈，充分展现了阴沉木的质感和艺术魅力。

作品的创新之处在于，许红阳在传统题材的基础上，融入了现代设计理念，使得作品既有古典韵味又不失时代感。此外，许红阳还巧妙地利用了阴沉木的自然纹理和色泽，使其与雕刻的人物和琵琶相得益彰，展现出一种和谐之美。

禅意灯

滴水观音

随形灯

花团锦簇

紫檀福禄寿

紫檀观音相

弥勒佛

凤舞九天

飞龙在天

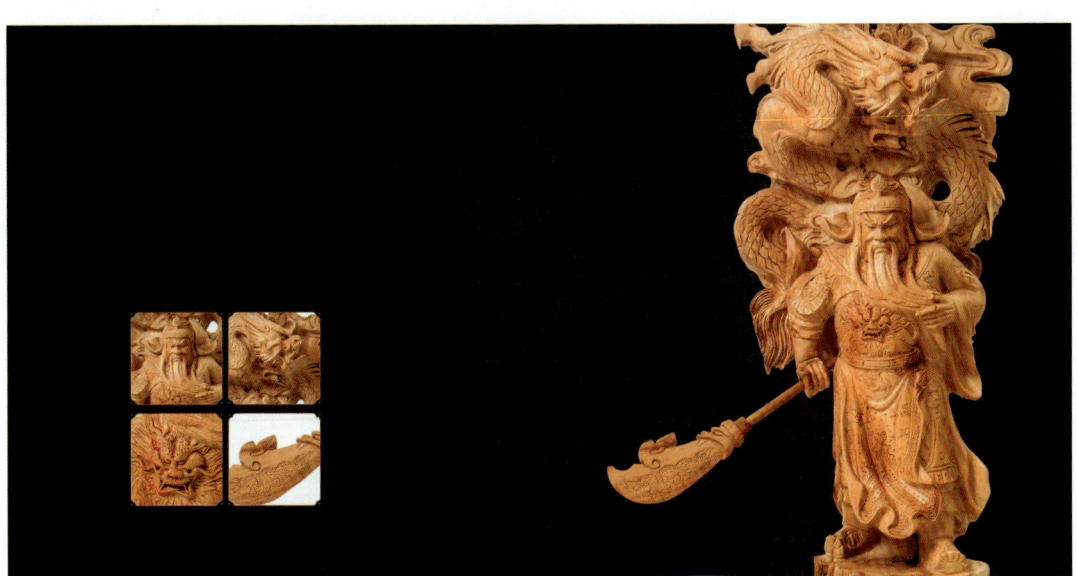

御龙关公

兰花

宫廷罗汉床

寒江垂钓

祥龙出山

金钱豹

美人鱼

"一带一路"

桥楼殿

无相

达摩祖师

万佛朝宗

唐马

万象更新

福禄寿

黄金樟木——松鹤延年

松鹤延年

宝塔	年年有余
一帆风顺	太行人家
"牛转乾坤"	雄鹰
"三羊开泰"	金玉满堂

雷击木

仙鹤

"三羊开泰"

五谷丰登

如意

崖柏手串　　　　　　　崖柏靠枕

和和美美

红梅报喜

崖柏佛珠枕

崖柏烟斗

禅意灯·赵州桥

禅意灯·桥楼殿

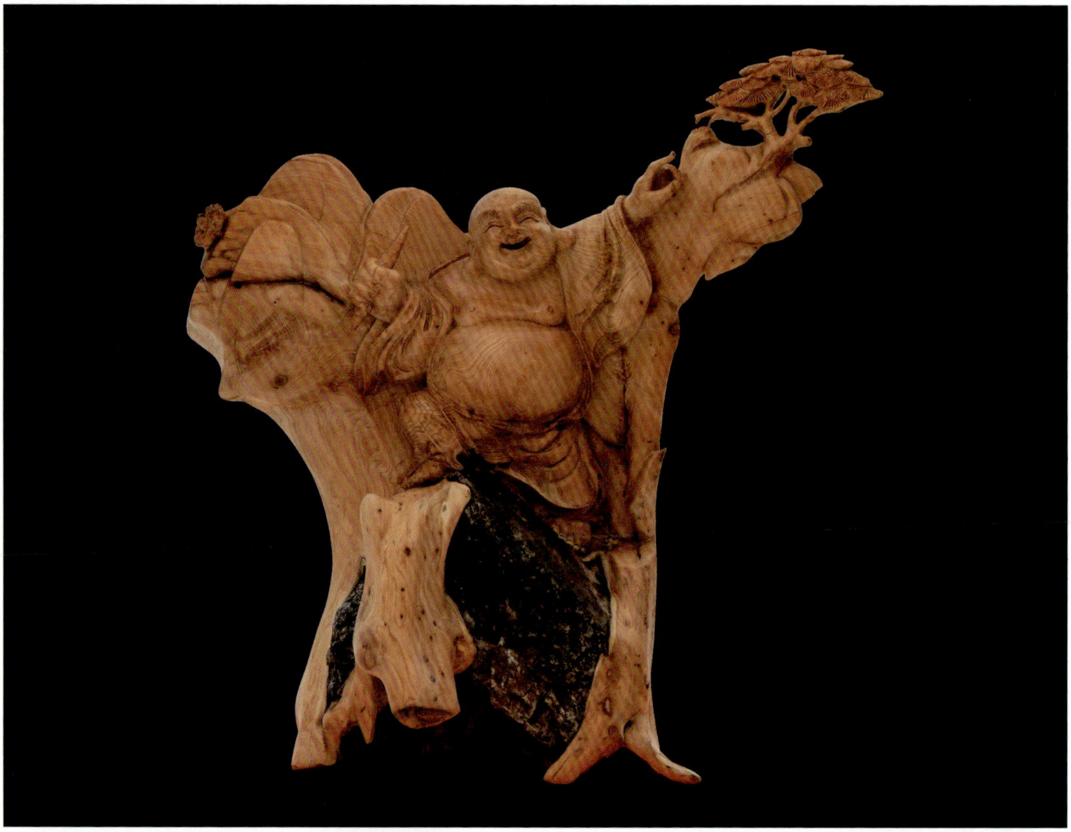

松下弥勒佛

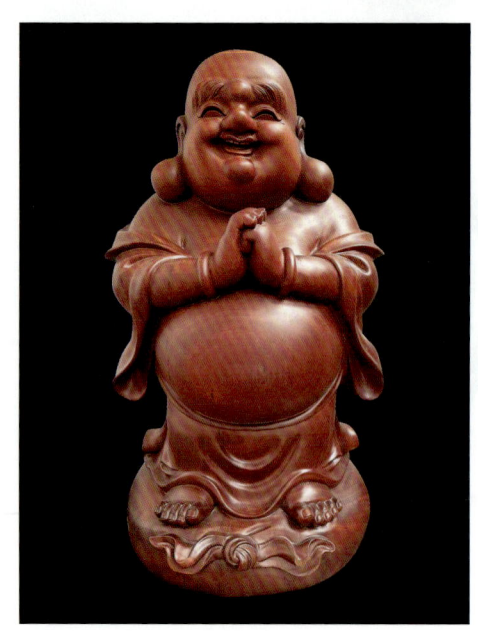

笑口常开

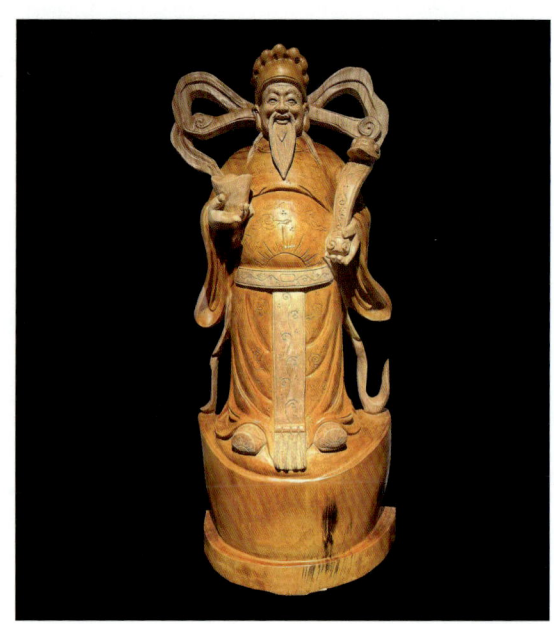

财神爷

弥勒佛

象鼻

崖魂

传承柳编技艺，
传播本土文化，
就是我一辈子的事业！

张万富

张万富简介

张万福,入选中青年文艺人才"燕赵秀林计划"。河北省非物质文化遗产项目固安柳编代表性传承人。

固安柳编,是中华民族非物质文化遗产中的一颗璀璨明珠。明代的固安县志中便已经有了对柳编的详细记载。这些古老的文字,不仅证明了固安柳编的历史悠久,更体现了它在当时社会中的重要地位。

张万福,作为柳编技艺的第四代传人,自幼便与柳编结下了不解之缘。儿时,他跟随父亲穿梭在杞柳丛中,看着父亲手指翻飞间,一根根柔软的柳条化为一个个精美的编织品。那时他对这门手艺并无太多热情,只是机械地模仿着父亲的动作,心中满是疑惑与不解。随着时间的推移,张万富渐渐领悟了父亲的深意。他逐渐明白,柳编不仅仅是一门手艺,更是一种文化、一种传承。

张万福曾带着自己的柳编制品,踏遍了北京的大街小巷,走访了众多市场。然而,每一次尝试都像是石沉大海,没有得到预期的回应。商家们的冷漠和质疑,让他感到前所未有的压力和挫败感。然而,他并未因此放弃。

终于,在北京的红桥、燕莎等市场,他找到了愿意收购他柳编制品的商家。这些商家被他的执着和才华打动,开始与他展开合作。随着柳编产品的需求量节节攀升,供应量不足的问题逐渐浮出水面。手工艺人们开始面临前所未有的工作压力,他们的双手在编织的过程中逐渐变得粗糙,眼神中也不时流露出疲惫。更为严峻的是,年轻一代对这门古老的手艺缺乏兴趣,让柳编技艺的传承之路愈发坎坷。

要想让柳编技艺继续传承下去,就必须克服眼前的困难。于是,他召集了一批同样热爱柳编的手艺人,共同商讨对策。他们围坐在一起,探讨如何改进技艺、提高生产效率,以期满足市场的需求。张万富将自己的经验和心得毫无保留地分享给大家。他手把手地教授手工艺人们新的编织技巧,让他们在原有的基础上不断提高。他还鼓励大家多交流、多学习，相互借鉴，共同进步。在他的带领下，手工艺人们开始逐渐找到了解决问题的方法，生产效率也得到显著提升。

柳编技艺的精髓并不仅仅在于那些繁复的工序和技巧，更在于那份手工编织中蕴含的细腻情感与匠心独运。在机械化生产的冲击下，张万福坚守着这份传统，坚信机器永远无法替代手工所创造的那份独特与灵动。从杞柳的种植、收割到脱皮，再到编底、编帮、收口的每一个细致环节，他都倾注了无尽的心血和汗水。每一个柳编制品，都仿佛是他的孩子，凝聚了他全部的智慧与情感。

张万福的柳编作品，以其精湛技艺和独特创意，赢得国内外的广泛赞誉。他参加的各类大赛，作品深受评委和观众喜爱，每一次都斩获佳绩。在固安县第一届创业创新大赛中，他的作品荣获创业项目组一等奖。在第三届廊坊市文创和旅游商品创意设计大赛中，作品更是脱颖而出，荣获决赛入围作品奖。

在党的政策指引与大力扶持下，张万富的柳编事业迎来崭新的发展阶段，其技艺与智慧也获得前所未有的认可与赞誉。张万福荣升为固安柳编国家级非物质文化遗产的省级传承人。同时，还担任了固安柳编协会会长，肩负起引领和带动行业发展的重任。

张万福积极推广柳编文化，他走进校园、社区，举办讲座、开展培训，让更多的人了解柳编、学习柳编。他的热情和执着感染了无数人，让更多的人加入柳编文化传承的队伍中来。在他的带领下，越来越多的人开始关注柳编文化，参与到传承和发扬的行列中来。他们或学习柳编技艺，或推广柳编文化，或研究柳编历史和发展趋势，共同为这一非物质文化遗产的传承和发扬注入了新的活力和动力。

正是有了张万福这样的坚守者和追梦人，柳编文化才得以在现代社会中焕发出新的光彩。他的故事告诉我们，每一个人都可以成为文化传承的使者，只要我们心怀梦想、付诸行动，就能够为中华优秀传统文化的传承与发展贡献自己的力量。

代表作品

作品名称：《红星柳韵扇》

作品简介：《红星柳韵扇》是一幅兼具艺术美感和文化内涵的墙饰作品。它以一颗熠熠生辉的红星为中心，周围环绕着精心编织的柳条扇子，构成了一幅既现代又富含传统韵味的画面。

红星，象征着革命精神与坚韧不拔的斗志，寓意着无论时代如何变迁，红色精神永远熠熠生辉。柳条扇子，则体现了中国传统工艺的精湛与细腻，每一根柳条都经过精心挑选和编织，展现出独特的韵律与美感。当红星与柳条扇子相遇，既有红色传统的庄严与厚重，又有传统工艺的灵动与雅致，两者的完美融合，使得这幅作品具有了独特的魅力。

作为墙饰，《红星柳韵扇》不仅能够装饰空间，增添家居的艺术气息，更能够传递出一种积极向上的精神力量。它激励着人们不忘初心，砥砺前行，始终保持对美好生活的追求和对理想的坚持。同时，它还能够唤起人们对传统文化的热爱与尊重，让人们在欣赏艺术的同时，感受到中国传统文化的博大精深。

花田礼堂

杞柳之门

幸福摩托

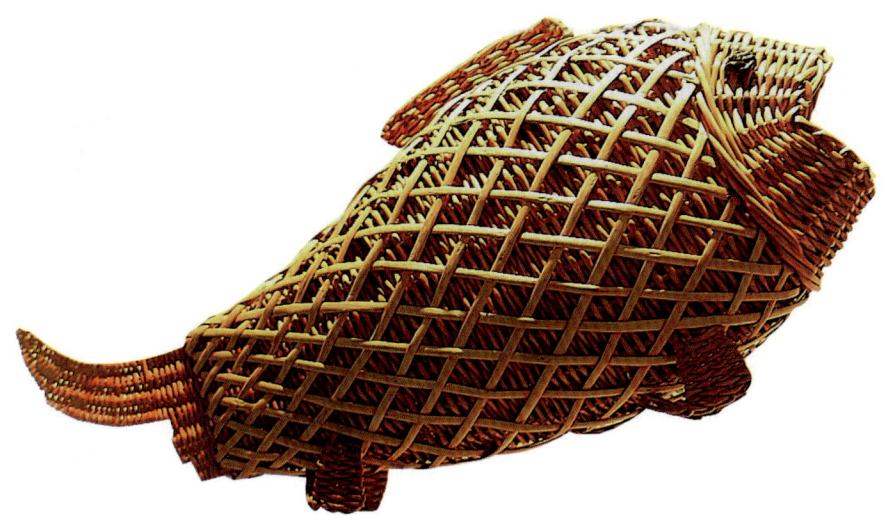

红鲤跃波

三彩象韵柳编花瓶

雅柳翠华瓶

翠梦长瓶

绿野盈香篮

俭翠柳篮

福禄流苏葫芦饰

华彩同心福篮

承物福象柳编篮架

福运红冠鸡篮

柳编沙发

自然悠韵套装

野餐篮

绿意归行匣

金福双葫

福禄满仓

由衷热爱，忠于初心，执着于使命，倾一生做一事，为自己热爱的事业去发光。

张凤娥

张凤娥简介

张凤娥，入选中青年文艺人才"燕赵秀林计划"。艺名张禾，1985年生于河北泊头，中国民革党员，高级工艺美术师职称，中国民间文艺家协会会员，河北省美术家协会会员，河北省民间工艺美术大师。第十三届全国青联委员，河北省青联委员，石家庄市第十四届政协委员，中国工艺美术协会鼻烟壶专业委员会副秘书长，河北文史馆书画诗词艺术研究员，石家庄市巾帼科技特派员，第二届石家庄工匠。

曾荣获河北省民间文艺协会2022年度"德艺双馨"会员称号、河北省"巾帼建功标兵"荣誉称号、河北省星光慈善基金会"爱心大使"荣誉称号。作品被全国人民大会堂、国家博物馆、河北革命军事馆、河北省文史研究馆等收藏。发明"一种可调式花瓶内画笔"获得实用新型专利，被广泛使用。

倾一生，做一事，是张凤娥给自己对传承弘扬内画事业的承诺，聊起内画聊起鼻烟壶她便滔滔不绝。作为冀派内画王习三大师第二代传承人，她自2002年拜师学艺，接触到内画鼻烟壶起就被它深深地吸引。一个个不足巴掌大的鼻烟壶，用自制的弯钩毛笔伸进五毫米左右的瓶口进行内壁绘画，动物花鸟栩栩如生，惟妙惟肖，历史人物、历史故事题材广泛，十八罗汉、金陵十二钗、水浒传、三国演义、昭君出塞，等等，形神兼备、古朴雅致，山水画峰峦叠嶂，碧水如镜，意境中"受之于眼，游之于心"。

内画源于外画，却难于外画，以中国画为基础，承袭了国画的精髓，一幅幅精美的作品，包罗万象，尽纳乾坤。对于内画的热爱，张凤娥内化于心，她说："人的一生漫长又短暂，漫长到被时光磨平棱角，短暂到岁月长河里的一瞬间，我愿倾其一生为自己热爱的内画事业而奉献"。

2008年，张凤娥创办子柳轩内画工作室，带领工作室团队匠心传承，深挖中华优秀传统文化魅力，以历史典故、民风民俗、山川河流为主题，创作出系列鼻烟壶内画。创新技法，把国画颜料、油画颜料、丙烯颜料三合一，创作《鸿蒙初始》系列作品，并创意性地将内画与饰品结合，制作出内画扳指、手把玩件、内画水晶项链等。将鼻烟壶用于产品包装造型，为彩妆品牌花西子设计鼻烟壶形状包装瓶，让非遗之美融入生活，让生活艺术化，艺术生活化。

走进她的工作室，能看到几百件内画鼻烟壶作品，大小不一，形态各异，其中有中华优秀传统文化的缩影，更有新时代新风貌的作品，她创作出一系列洋溢着鲜明时代气息的作品。在她看来，艺术没有创新，是没有前途的。在创新与融合道路上不断探索的她取得令人欣喜的成果：2020年获得"一种可调式花瓶内画笔"实用新型专利证书。"我希望在创新发展的路上能够走得更远"张凤娥如是说。

作为青年文艺工作者，她同样有着自己的艺术追求和思想觉悟，她说艺术家也要与时俱进，与时代同行，歌唱祖国，礼赞英雄。2022年，她为在元氏胡家庄英勇抗日失去一条腿的战士金学铁先生绘制内画肖像，纪念抗日英雄，并捐赠给朝鲜金学铁纪念馆，金学铁先生儿子金海洋看到后非常激动，特意送来亲笔感谢信，称赞她用内画作品致敬抗日英雄，传递国际友谊。

天赋爱好加上勤奋刻苦，张凤娥已经形成了自己的艺术风格并受到了业界的喜爱、认可和垂青，她逐渐成长为冀派内画年青一代中极具代表性的后起之秀。冀派内画创始人王习三曾为其题写斋号《子柳轩》，"小兵张嘎之父"徐光耀题字《传神》，上海著名画家戴敦邦为其题写《壶中日月·妙笔生花》，著名作家梁晓声评论其内画作品"精妙绝伦"。无不见证着这位年轻工艺美术大师的精湛技艺。

张凤娥十分热心公益，历年来为各种公益活动累计捐赠作品数百件，并经常参加义拍活动。多次参加"三下乡"活动，为贫困山区学校授课，让偏远山区孩子们体验学习非遗内画艺术，弘扬和传播中华优秀传统文化。

张凤娥创作了一系列讴歌时代、讴歌人民、讴歌英雄的主旋律作品。拥军是她的爱国情怀，多次进军营宣讲中华传统文化，传授内画技艺，丰富子弟兵业余生活，被中国人民解放军32138部队特聘"鼻烟壶内画授业导师"。

她坚定做具有时代特点的非遗传承人，在内画鼻烟壶传承发展的道路上，初心如磐，笃定前行。

代表作品

作品名称：《乡情四季》

《乡情四季》这部作品描绘了乡村人民的幸福生活，春天，是大自然从沉睡中苏醒的季节。春风轻拂，像是温柔的手抚摸着大地。草地渐绿，鲜嫩的芽儿从土里探出头来，好奇地张望着这个全新的世界。小溪解冻，欢快地流淌着，发出清脆悦耳的声响，仿佛在奏响一曲春天的赞歌。人们迎着春风，在田野里播种希望，期待着未来的丰收。

夏天，是热情奔放的季节。骄阳似火，葱郁的树叶在阳光的照耀下绿得发亮，蝉在枝头不知疲倦地鸣叫，仿佛在诉说着夏日的炎热。孩子们在水中嬉戏玩耍，笑声和水声交织在一起，构成了一幅欢

山里人

归牧

乐的夏日画卷。

　　秋天，是收获的季节。牛羊在悠闲地吃草，鸡鸭成群，孩子在树下奔跑，金黄的稻穗在秋风中摇曳，仿佛一片金色的海洋。农民们忙碌地收割着庄稼，脸上洋溢着丰收的喜悦。秋天的天空格外湛蓝，云朵洁白如棉，让人心旷神怡。

　　冬天，是一个宁静而神秘的季节。大地被白雪覆盖，银装素裹，宛如一个童话世界，树木脱去了繁茂的叶子，只剩下干枯的树枝在寒风中挺立。屋内，温暖的炉火旁，家人围坐在一起，分享着温馨的时光。

小山村　　　　　　　　　　　　　　　　　　　　　　　　　　小桥流水人家

乡趣

老院子

一山一世界，一院一天堂　　　　　　　　　　　　　　　　　　乡情

王者之风

和平长久

狐修千年泪沾身,狸心只为薄情苦

白狐

六圣图

秋趣

前程似锦

百子图

锁麟囊

普度众生

百蝶图

张禾自画像

抚琴图

飞瀑

览胜

鸾凤和鸣

草原骏马

福寿康宁

让传统文化回归当下，服务美好生活。

邹天然

邹天然简介

邹天然，入选中青年文艺人才"燕赵秀林计划"。河北易水砚有限公司总经理兼工艺美术设计总监，易砚文化研究会副会长。曾荣获中国文房四宝行业青年之星、河北省劳动模范、河北省能工巧匠、河北省三八红旗手、河北省五一巾帼标兵、河北省新时代"冀青之星"典型人物等荣誉称号。保定市优秀民营企业家、保定市2020年度文化产业领军人才、2017年度保定市十佳女职工标兵、保定市加快建设新时代现代化强市先进个人、2021年"新时代保定好青年（创新创业）"等称号。

邹天然自幼受家庭熏陶，随其父邹洪利砚雕大师研习易水砚制作技艺。大学毕业后，怀着对砚的痴迷和热爱，回到了家乡发展易水砚文化产业事业。回来后首先做了两个创新，一是在产品上，组建了自己的研发团队，通过倡导"非遗+"的创新模式，探索"非遗与新时代的融合"之路，结合当代审美与传统经典，不断推出带有各种中国文化元素的新产品。同时探索人机结合方式，设计生产大众喜爱的文旅产品，并申请通过了二十三项国家专利。二是在销售模式上，组建了专业的线上运营团队，通过天猫、淘宝、京东、微信、抖音、快手等各大电商平台和自媒体平台，进行直播和线上推广，极大拓宽了易水砚产品的销路与知名度。

她设计创建的易水非遗体验馆是集易水砚非遗雕刻技艺培训、研学体验、研发生产、展览展销、住宿餐饮等于一体的易水砚非遗文化传承馆，现已成为第一批中国文房四宝技艺研学基地、河北省科普示范基地、第一批市级非物质文化遗产研学体验基地，吸引大量国内外中国文化爱好者，使易水砚与当地非遗技艺得到更广泛的传播。常年开设研发类、传授类、体验类和交流类的传统文化课程，开展包括传承人授徒传艺、教育培训、制砚技艺、陶瓷体验、传统拓片、国学书法、绳饰手作等传统非遗文化活动。通过参观考察、任务互动、动手实操等方式，体验文人书房生活，感悟优秀传统文化。易水非遗体验馆的创建与发展，对带动当地经济，传播易水砚文化知识，弘扬优秀传统文化，实现非物质文化遗产的有效保护和持续发展具有重要意义。

为光大易水砚文化产业，打造产业集群，她参与谋划建设了中华砚文化博览城项目。

通过发展易砚文化产业带动易县尉都乡台坛、孝村、朔内、东娄山等村制砚工匠制砚发家，脱贫致富。现在，易砚已经形成生产、研发、销售完整的产业链。形成了以中华砚文化博览城为中心，辐射易县城区、易州镇、梁格庄镇、尉都乡等易砚文化产业集散地，被中国文房四宝协会评为"中国易砚之乡"。

易水砚代表性文创作品《透雕龙凤纹铺首砚》，由邹天然、吴晓雪共同设计制作而成。其砚背纹饰源自燕下都出土的国家一级文物——透雕龙凤纹铜铺首，铺首原悬于燕国宫殿大门，距今已有三千多年。易水砚制作技艺是传承近两千年的国家级非物质文化遗产，易水砚与青铜大铺首同源于易水悠久灿烂的历史文脉。

雕刻师巧妙利用天然石韵展现青铜质感，砚面作主形，砚额"福、禄、寿"三星聚首。整方砚雕工精湛，构思精巧，纹饰华美，寓意吉祥，将千年前燕国的璀璨文明展现得淋漓尽致，以传承至今的国家级非物质文化遗产易水砚去讲述燕下都的传奇故事。此砚曾在中国工艺美术馆《赓续文脉·中国文房艺术展》展出，还曾荣获第四届"西泠印社潜泉杯"全国文房四宝设计创新大赛金奖。

易水砚献礼龙年之作——《砚载乾坤》，全套十件作品，由国家级非物质文化遗产传承人邹洪利领衔、邹天然设计、数十位砚雕师历时半载匠心打造，作品以《易经》与"龙生九子"为蓝本，正面的太极池与侧面的八卦纹象征乾坤万象、生生不息，十件作品背面分别精雕"龙与九子"，神圣威严、炯炯有神、各有深意，整套作品寓意乾坤护佑、福瑞齐至、龙腾盛世，在龙年选择这样一份礼物，无论收藏抑或赠礼，都是十分美好、吉祥的祝福。

近几年，邹天然多次举办易砚文化研讨会，挖掘易砚历史，聚集易砚人才，提升易砚产品文化品位，创建产品表现形式，不断为易水砚高质量发展注入新活力。参与制订了《文房四宝·学生用砚》团体标准和《文房四宝·专业级砚台》团体标准，为推动文化事业又好又快发展做出突出贡献。

代表作品

作品名称：《透雕龙凤纹铺首砚》

1966年，河北易县燕下都遗址出土一件青铜透雕龙凤纹铜铺首，该铺首长74.5厘米，宽36.8厘米，重21.5公斤，为战国时代燕国遗物，当是燕王宫殿大门所悬。兽首为饕餮，额上立凤鸟，其侧又有螭龙盘绕，做工精致，图案繁复，是中国目前所见最大的战国时期青铜铺首。

此砚不仅是一件集实用与观赏于一体的文房雅器，更蕴含了深厚的文化底蕴。它巧妙地将战国时期燕国宫殿门环的辉煌艺术——透雕龙凤纹铜铺首，融入易水老坑玉黛石的温润之中。此砚砚形长方，线条流畅而有力，圭池开阔，既便于研磨，又透露出一种大气端庄之美。砚岗之上，八卦图纹雕刻细腻，寓意着易经文化的博大精深与易水文脉的源远流长，是对古代哲学思想的一种致敬与传承。砚台覆手部分，以浮雕形式重现了龙凤纹铜铺首的华美纹饰，寓意吉祥、尊贵与和谐，不仅展现了古代燕国文化的璀璨夺目，也寄托了人们对美好生活的向往与追求。整方砚台，构思精巧，雕工精湛，既是对古代文明的致敬，也是现代人对传统文化深刻理解与创新的体现，具有极高的鉴赏与收藏价值。

砚载乾坤礼盒

砚载乾坤

正面

囚牛　　　螭吻

睚眦　　　　　　　　　负屃

辰龙

嘲风　　　　　　　　　狻猊

蒲牢　　　　　　　　　狴犴

狻猊　　贔屃

砚载乾坤

国家级非物质文化遗产
易水砚制作技艺

砚之有礼礼盒

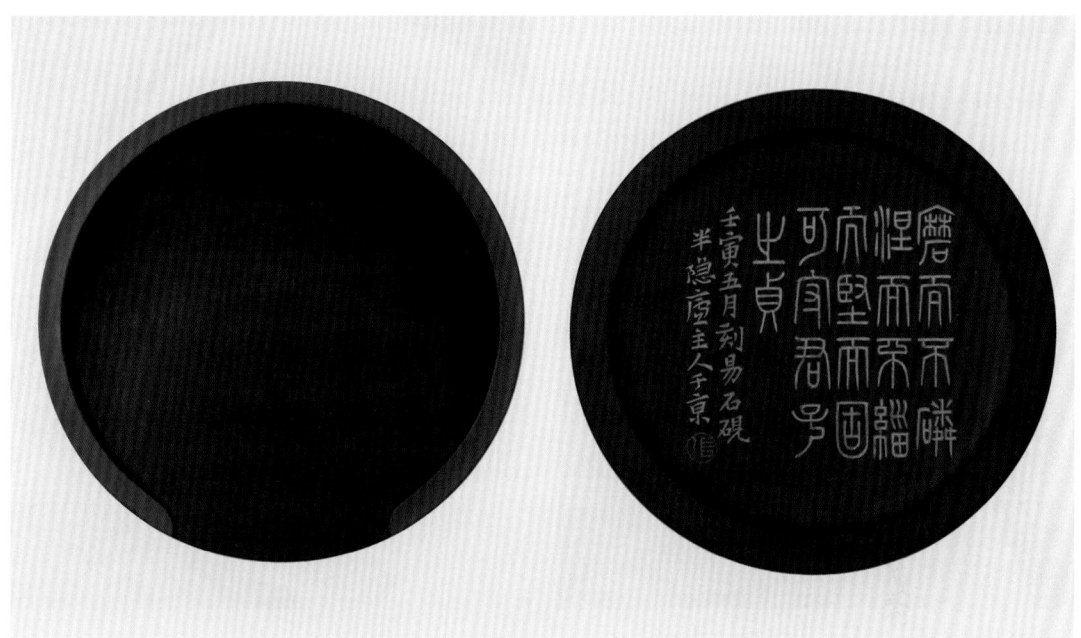

玉环马蹄砚

有凤来仪

八角莲池水德砚之一二

双龙璧易水砚之一二

胖虎砚

国朝·虎娃儿

蝶恋花砚

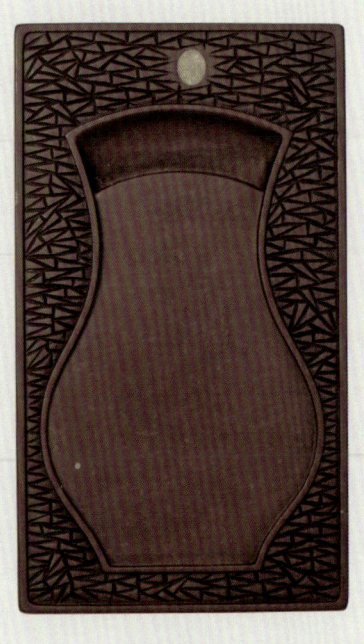
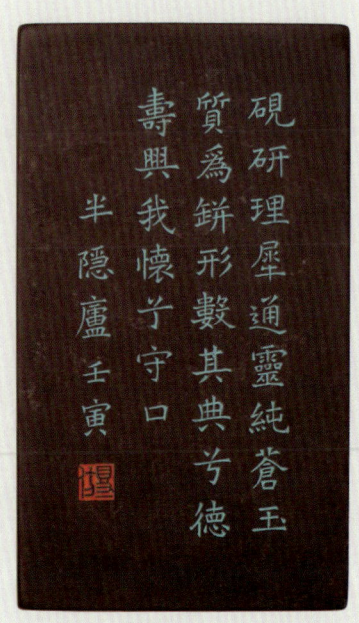

仿宋德寿殿犀纹砚

鹿野清玄

仿古书卷砚

仿宋抄手砚

河北友礼文盘套装

梅兰竹菊

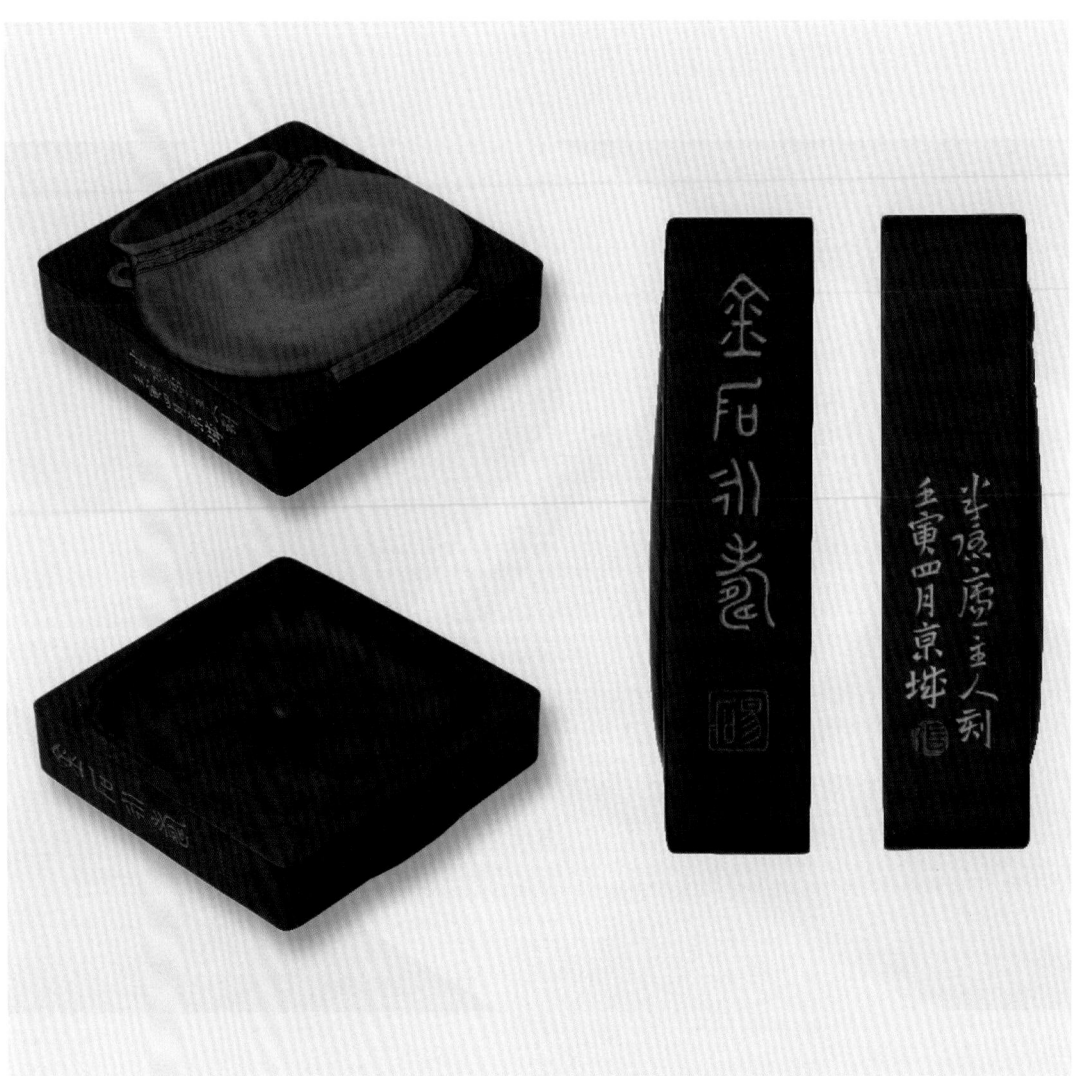

卤池砚

长信宫灯砚

吉祥手把砚

上善若水礼盒

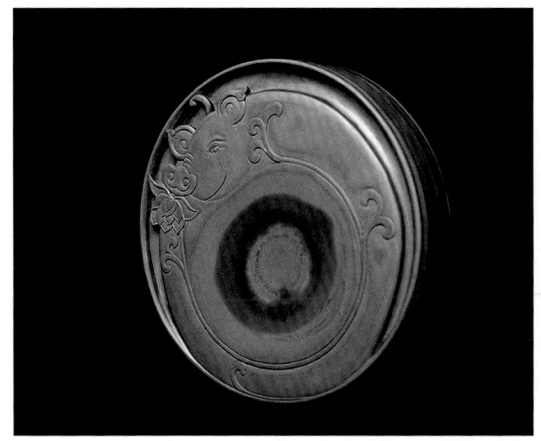

诸事如意砚

兔圆圆砚

琴棋书画

狻猊香插

月兔婵娟

月兔香插

鱼化龙

遇剪美好，纸为传承。

赵成龙

赵成龙简介

赵成龙，入选中青年文艺人才"燕赵秀林计划"。中国民间文艺家协会会员，目前担任石家庄市民间文艺家协会副主席职务，石家庄市非物质文化遗产项目行唐剪纸代表性传承人，石家庄市谷隆剪纸传习馆馆长。全国十佳剪纸能手。

赵成龙从小受家族影响，六岁起开始对剪纸艺术产生了浓厚兴趣，学习家传传统剪纸技法——不画图样，直接在红纸上剪制。八岁开始接触农民画，二十一岁拜全国剪纸大师李秀芳为师，系统学习农耕剪纸和传统农民画。

奶奶是赵成龙的美术启蒙老师。她的手极巧，远近闻名，因此谁家娶媳妇嫁闺女都来找她剪个喜字，剪个鸳鸯、牡丹，再绣双枕头顶，喜庆又吉利。农村人很讲礼，谁上家来都不空手，因此孙辈们都喜欢奶奶，喜欢到她身边看她剪纸，还有，喜欢别人送来的好吃的。奶奶有文化，上过夜校，同时，她也很懂教育，知道怎么带小孩。她不让孩子们直接讨到吃的，会给他们布置任务，比如帮她画个花样，写个字样，或者剪个喜字等。别的孩子完成任务拿到吃的就走，赵成龙不，他还会待上一阵子，看着奶奶剪完才走，有时就直接在奶奶家睡下了。

赵成龙画的花样，没有底稿，凭着想象去画的，有的并不符合规律，线条也不到位，但奶奶常说好。这给了赵成龙莫大的信心。此时，他尚且不知道什么是理想，但奶奶鼓励他可以学学剪纸和绘画，"有门手艺，饿不死人"。

赵成龙是第三代剪纸技艺传人，他的母亲也是剪纸能手。除了剪纸，母亲给他最大的影响就是对传统戏曲的热爱。小时候的赵成龙看不懂戏，但并不妨碍他喜欢看戏，尤其是那些花花绿绿的人物他更喜爱。回家之后，他就把它们画下来。母亲鼓励他动手剪一剪。于是，赵成龙就操起剪刀，风流倜傥的公子哥、知书达理的富家小姐、铁面无私的包公、《蝴蝶杯》里的田玉川、能翻很多跟头的武生等，个个活灵活现，甚至他还能剪出一幅场景。

因从小喜欢传统戏曲，剪纸时注意吸收传统戏曲塑造人物的方法，作品多造型夸张，构思大胆，古朴粗放，表现手法不拘小节，率性而为。题材内容从古到今，从神话传说到现实生活，从人物到动物、植物，作品拙中见巧，具有中国传统的民俗文化传承痕迹。

对于赵成龙来说，剪子如同他的画笔，画笔就是他的剪刀，只是表情达意的形式不同而已。大学时，他选择了绘画专业，却在学校创办了第一个剪纸协会。因此他认识了家住陕西安塞的民间工艺美术大师李秀芳。

李秀芳剪纸好，绘画也好。大学的三个暑假，赵成龙都是在安塞度过的，先是跟着李秀芳学剪纸，后来学习绘画。告别老师时，李秀芳说了一句话：你是河北人，要画就画你的家乡，画你的生活。

从此，赵成龙将目光放在河北，放在太行，也放在故乡行唐。

2016年，他的作品《丰收》在"美丽河北——河北省第二届农民书画展"中获得一等奖。2018年，赵成龙以河北民歌为素材创作剪纸作品《小放牛》被桥西区作为传统礼赠送给芬兰。2019年，赵成龙在区妇联支持下，在塔谈社区创建剪绣坊工作室作为巧手脱贫的示范基地。

他把自己定位在了传承。画是传承，教学也是传承。2012年开始进行剪纸教学，以传承传统剪纸文化为己任。2017年创办谷隆剪纸传习馆，先后把行唐剪纸引入石家庄桥西实验小学、石家庄桥西外国语小学、石家庄和平东路小学等。其中石家庄桥西实验小学2018年1月被教育部评为全国优秀传统文化（剪纸类）传承学校。2015年以来一直在河北师范大学国际交流学院教授留学生学习行唐剪纸，行唐剪纸受到国际友人的热烈喜爱。至今已培训学员五十期，共教授剪纸学员三千余人，不仅有中国学员，还有美国、俄罗斯、乌克兰、英国、韩国、泰国、秘鲁、印度尼西亚等外国学员，促进了中外民间艺术的交流。

他不急不躁，充满自信。他说，就像做菜，专业厨师的技能也许很好，偏偏最缺的就是家的味道。农民画也是这样。也许在技法上、用色上、意境上都不够新潮，但足够温暖，足够亲切，足够接地气。这是文化的根，是家的味道。

代表作品

　　作品名称：《关公面前耍大刀》
　　这幅作品表现的是在关老爷面前挥舞着大刀进行展示的场面，作品四周配合传统的剪纸纹饰。关公的刀上写着正版，反面的人物刀上写着盗版，寓意盗版在正版面前无计可施。倡导尊重知识产权、崇尚创新的良好风尚。

石家庄站

守正创新

赵州桥

高铁片区

正太饭店

大石桥

解放纪念碑

电视塔

老虎火

石家庄麻辣烫

肥猪拱门

马上封侯

大吉祥

事事如意

玉兔海棠

清清白白

鹰踏兔

事事如意

三打祝家庄

宝莲灯

共享单车

夜市炒饭

钟馗行路

渔童遇仙人

金罐子

桃木剑

花狗图

五龙堂

伶牙俐齿巧姑娘

李皇亲

小木碗

小娘动本

黑虎关

蛤蟆人

借鉴亭

钟馗惜别

河北民间故事——挡将梁

太行新愚公

太行新愚公

李慧娘

六畜兴旺

戏曲人物

戏曲人物挑水

摘苹果

葫芦娃娃

枣娃娃

农民画《太行新愚公》

农民画《太行新愚公》局部

鞋花

寇调

金牌调来银牌宣
霞调莱谷县
寇调莱谷县
万岁爷
把金牌我调
不知为何调我
事情

戊戌冬月 前沙子元门 画

调寇

三友图

花开富贵

事事如意

行唐谜语——蚕

行唐谜语——饺子

铡太师

红枣蝈蝈

遇兔呈祥

白罗衫

骆驼湾

挂兔头

锁麟囊

小二姐做梦

白兔记

射木兔

每个人都应该有静心的时刻，让心灵得到喘息。绘画，就是让我心灵得以喘息的方式！

鲍宁

鲍宁简介

鲍宁，入选中青年文艺人才"燕赵秀林计划"。高级工艺美术师职称，中国民革党员，中国民间文艺家协会会员，中国工艺美术协会会员，中国工艺美术学会会员，河北省级非物质文化遗产烙画项目代表性传承人。曾荣获"河北省民间工艺美术大师""河北省工美行业艺术大师""第一届石家庄工匠"等荣誉称号。目前担任河北省工艺美术协会烙画专业委员会秘书长和河北省工艺美术协会传统艺术委员会副会长职务。

1996年成立鲍宁烙画工作室至今培养了不计其数的烙画工作者遍布全国乃至世界各地。多名学员在国家级展览上屡获殊荣。其中徒弟蔡勤荣为江苏省代表性非遗传承人。鲍宁在河北传媒大学任客座教授，长期教授学员烙画知识技巧。

憨态可掬的熊猫攀爬在树上眺望远方；两只蓬松如球的萌猫在草地上嬉闹；一狼的正脸，以仰望的姿态与你对视，这个作品的名字叫《守》。进入鲍宁的房间，置身于动物形态的美术作品，让人目不暇接。这些作品，并不是用画笔在纸上绘画而成，它们全部都是以烙笔在木板上烙绘完成，这种艺术品叫"烙画"。五十岁的鲍宁，是这些烙画的创作者。这个外表酷似台湾歌手"迪克牛仔"的中年人，从高中时代接触烙画之后，三十年来一直没有放弃。主业为摄像师的他，内心始终有一个愿望，期望让传统的烙画艺术能得到更广泛的关注与认可。"烙画是我非常喜欢的一种艺术形态，我觉得当你对一件事物产生兴趣的时候，千万不要轻易放弃。"

鲍宁自幼学习美术，有良好的美术功底。上高中之后，他成为一名美术特长生。高中时候，主要就是训练美术基础，水彩、素描等。接触烙画，起源于一次偶然。"我同学有一个长辈，也是搞美术的，有一次我同学带我去长辈的店里，看到了长辈做的烙画。"有一种打开一扇窗的感觉。从那之后，没事他就往同学的长辈店里跑，站在一边静静地看，琢磨烙画的每一个过程与手法，整个过程带给他艺术享受的感觉。观看了一段时间，鲍宁尝试着自己开始烙画。其过程大体相同，先是在木板上绘就一个图形的轮廓，然后用烙铁、烙笔等工具，根据温度的不同、力道的大小，在木板上烙烫出不同线条，丰富最初的轮廓。他喜欢烙画，主要是感觉这种艺术形态呈现的作品，更具有立体感，亦如浮雕的效果；他喜欢烙画，也源于这种艺术形态有着悠久的历史。

鲍宁在烙画上付出了不少精力，也遇到过诸多问题。最初是选材的困惑，木板好搞到，但是什么材质的木板最适合做烙画，里面也有很多区别，他尝试过松木、杨木等，后来发现椴杨这种材质效果最好。此外最主要的还是温控与烙绘手法的把握。鲍宁有幸结识了不少同领域的艺术家，在前辈的指导下，他的技法不断得到提高。

鲍宁的作品中，绝大多数都是各种动物的主题。他感觉动物更具有动态效果，画面呈现更传神。身边能接触到的各种图片、各种绘画作品、各种纪录片与视频，都是创作的借鉴。不过他认为，亲身实地获得第一手资料，更有利于表现画作。有一次，他想创作与国宝熊猫有关的题材。为了能把握熊猫的生活状态，他特意跑到成都，拍摄了五百多张熊猫的照片。最终选取了两种形态，创作出了两幅烙画作品。付出越多，得到越多。因为能够坚持，也让他的烙画得到了更多认可。2013年他首次参加由中国工艺美术协会主办的"第十四届中国工艺美术大师作品暨国际艺术精品博览会"，就拿到了优秀奖，紧接着在2014年举办的同题大赛中，他的作品获得了"百花杯"银奖。从之前的自得其乐，到如今取得成绩，这更多得益于多年来的坚守。

2013年他首次参加由中国工艺美术协会主办的"第十四届中国工艺美术大师作品暨国际艺术精品博览会"，就拿到了优秀奖。紧接着，在2014年举办的同题大赛中，他的作品获得了"百花杯"银奖。2015年被河北省文联评为第四届河北省民间工艺美术大师。

之后的鲍宁犹如开挂，各种奖项拿到手软。而最让他感到自豪的，是在2023年参加了乌兹别克斯坦浩罕市的第二届国际手工艺术节。作为中国手工艺的代表，他登上了世界手工艺人的舞台！

代表作品

作品名称：《熊猫——功夫》

这幅《熊猫——功夫》烙画作品纤毛丝丝必现、层层叠加，作为一种独特而精美的艺术形式，由鲍宁倾心创作。鲍宁以其精湛的技艺和对熊猫的热爱，将这一珍稀动物栩栩如生地呈现在烙画之中。

每一幅熊猫烙画都是鲍宁用心之作，这只是他其中一幅代表作品。为了捕捉熊猫的娇憨神态鲍宁数次前往四川熊猫繁育基地进行拍摄写生，并且他通过细腻的笔触和独特的烙画技巧，捕捉到了熊猫的神韵和可爱之处。作品中的熊猫或嬉戏打闹，或悠然自得，每一个细节都展现得淋漓尽致。

鲍宁的烙画技巧独具特色。他巧妙地运用火候和力度，使烙画呈现出丰富的层次感和立体感。烙画的线条流畅自然，仿佛赋予了熊猫生命，让观者仿佛能感受到它们的呼吸和活力。

熊猫烙画不仅仅是艺术品，更是对熊猫这一珍稀物种的赞美和保护。鲍宁通过自己的作品，唤起人们对熊猫的关注和爱护。

这些作品具有很高的艺术价值和收藏价值。其中《熊猫——功夫》《自然的精灵》《熊猫——觅》等作品获奖并被收藏。

鲍宁的熊猫烙画是艺术与自然的完美结合，它们让我们更加亲近大自然，感受熊猫的魅力和珍贵。让我们欣赏这些精美的作品，共同保护我们的自然环境和珍稀物种。

熊猫——觅

萌

奔腾

奔马图

马头

黑背

宠爱

小猫

捉

鸿运当头

小伙伴

猫

牛

明眸

伫立

游弋

守

野牛

眼镜老爷子

雪夜巡山

大象,吉祥

佛像

敦煌

望

兄弟

云冈石窟